AF343639

# PROCÈS

# DE LA MODE.

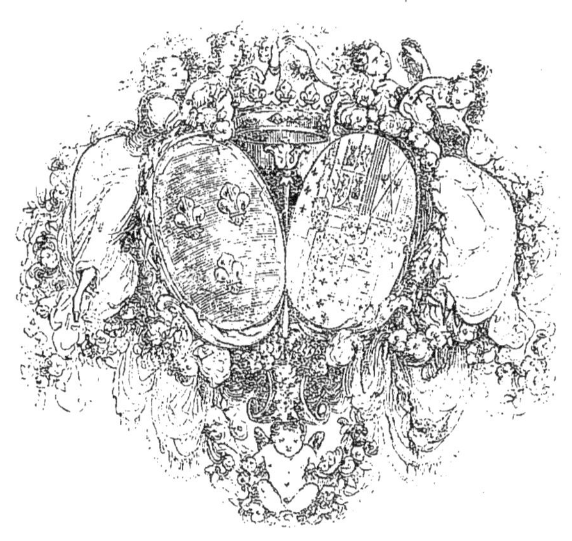

PRIX : 5 FRANCS.

**PARIS,**

AU BUREAU DE LA MODE, RUE DU HELDER, 25.

1838.

# PROCÈS DE LA MODE.

# Antoine Louis Marie HENNEQUIN

Avocat a la Cour Royale de Paris.

Député du Nord.

# ÉTUDE SUR M. HENNEQUIN.

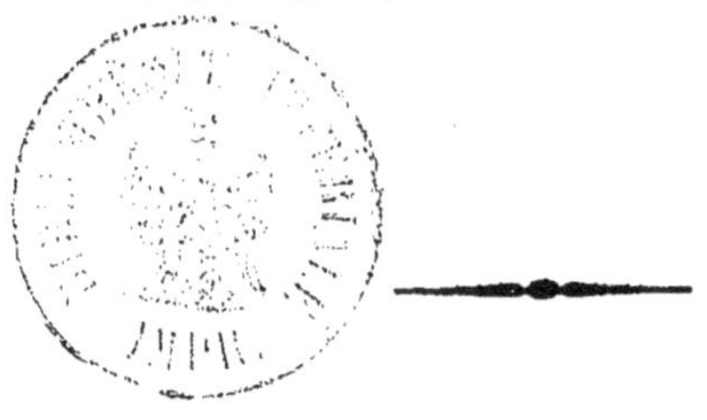

———

Lorsque nous tournons les yeux en arrière pour étudier les premières années des hommes dont la maturité pleine de force domine le temps où nous vivons, nous les trouvons presque tous dans la même carrière, celle des armes. La génération qui conduit notre époque, quel que fut le but qu'elle dut plus tard atteindre, a pris par le champ de bataille pour aller rejoindre ses destinées ; ceux qui ne devaient point demeurer dans le camp, l'ont du moins traversé. M. Hennequin subit comme un autre la conséquence inévitable de cette situation de guerre, que la révolution avait imposée à la France, et dont l'empire cherchait à satisfaire les exigences insatiables par des victoires. La nature l'avait créé pour être orateur, la fortune des temps où il naquit le fit soldat. Au début de sa carrière, ce fut la toge qui céda à l'épée. On trouve, dans ce fait, la solution d'un problème souvent agité par des personnes qui demandent comment, avec les soldats, débris des phalanges de l'empire, la restauration put faire des orateurs, des banquiers, des commerçans, des mécaniciens, des agriculteurs. Ce n'est point ainsi que la question doit être posée. Il serait plus juste de s'étonner qu'avec tant de gens nés pour être orateurs, banquiers, commerçans, agriculteurs, l'empire ait réussi à faire des soldats. Le conscrit était, dans ce temps-là, une sorte d'unité monétaire à laquelle Bonaparte ramenait toutes les valeurs ; quand il fut renversé, chacune d'elles reprit son titre.

Né le 22 avril 1786, à Clichy-la-Garenne, M. Hennequin était, au moment de la paix de Tilsitt, sous-lieutenant dans le 8ᵉ régiment d'artillerie. Cette fraternité d'armes et l'amour de l'étude furent le seul genre de ressemblance qu'il eut avec Paul-Louis Courrier, cet athénien indiscipliné caché sous la casaque d'un soldat de l'empire, cet homme aux épigrammes anti-sociales et à l'op-

position subversive, véritable Diogène égaré, pour un moment, sous les drapeaux d'Alexandre. L'avocat, avec son goût de l'ordre, ses principes graves,
ses convictions positives et réfléchies ; le pamphlétaire, avec son instinct de révolte, sa haine de toute hiérarchie, sa fureur contre l'organisation sociale,
sont les deux poles opposés du monde moral et intellectuel, la négation et l'affirmation réunies sous le même uniforme. Quand les deux artilleurs sortirent
du camp et rentrèrent dans le pays, l'un était destiné à combattre la société,
l'autre à la défendre. Elle avait un pamphlétaire et un avocat de plus, avocat
des grands principes publics et avocat des causes privées, ce qui n'est pas
toujours la même chose.

Comme tous les hommes qui ont une vocation ardente et vraie, M. Hennequin était demeuré avocat dans la carrière des armes. Tandis que Napoléon
refaisait un droit européen du bout de sa victorieuse épée, le brillant élève des
cours qui venaient de se rouvrir, demeurait fidèle à ses premières études et à
ses premiers goûts. Il s'en allait de champ de bataille en champ de bataille,
rêvant, au milieu de la gloire militaire, la gloire du barreau, et réveillé par
les trophées de Cochin, quand, par hasard, ceux de Napoléon, pour lequel
il fallait employer les nuits à marcher et les jours à combattre, lui permettaient
de dormir. Le voyez-vous, le futur avocat, partageant son temps entre l'étude et la guerre, ne pillant en Allemagne que la sagesse des jurisconsultes
allemands, pendant que d'autres se permettaient de moins innocens pillages?
Le voyez-vous lisant Montesquieu, et, tandis que Bonaparte arrêtait le sinet à
la page de la grandeur, tournant déjà celle de la décadence? quoi de plus,
lorsque la diane venait de sonner, plaidant quelquefois, dans le champ où l'on
avait campé la veille, devant un conseil de guerre qui siégeait sous la voûte
azurée du ciel, et faisant couler des larmes sur les figures bronzées de ce dur
aréopage?

Telle fut la vie de M. Hennequin jusqu'en 1813, époque à laquelle il vint,
âgé de 28 ans, reprendre sa place au barreau où il avait laissé deux de ces amis
auxquels on est attaché par la communauté des principes non moins que par
celle des goûts : c'étaient M. Emery et M. Haranguier de Quincerot, demeuré
fidèle en 1830 aux nobles convictions de sa vie entière. M. Hennequin obtint,
dès ses débuts dans le barreau, un honneur bien rare. M. Try, alors président
au tribunal de première instance, après l'avoir entendu pour la première fois,
le félicita à l'audience même, au nom du tribunal. N'était-ce pas gagner la
croix d'honneur à sa première affaire? Dans ce talent naissant il y avait dès
lors deux talens qui, en se développant, comme deux rameaux sortis du même
tronc, ont fait la gloire de M. Hennequin; car l'union de ces deux facultés à
exercé d'autant plus de séduction qu'ordinairement elles s'excluent. C'était,
d'un côté, une gravité de paroles et de pensées remarquable ; c'était, de l'autre côté, une finesse d'expression et un atticisme d'esprit toujours rares, et
plus rares au barreau que partout ailleurs. M. Hennequin est, à proprement
parler, un homme d'esprit tempéré par un homme de bien. C'est le *vir bonus
dicendi peritus* du barreau antique, c'est en même temps le roi de l'ironie,
un conteur admirable, un brillant diseur d'anecdotes, un génie fin et railleur
dont la plaisanterie épurée effleure sans blesser, et dont l'aiguillon sait piquer
sans être cuisant. Chose singulière! il s'élève aux questions de la plus haute

morale avec une facilité merveilleuse, et il aime à prolonger le badinage délicat et ingénieux d'une élégante ironie. Nous serions tentés d'expliquer cette contradiction apparente par la nature même de M. Hennequin. Il est léger par l'esprit et grave par le cœur. Sa vie, c'est une mercuriale de d'Aguesseau en action. Or, cette pureté de conduite, cette solidité de principes, cette honnêteté de mœurs dont il est la vivante personnification lui mettent, quand il le faut, du recueillement dans l'expression et de la gravité dans la pensée. L'étude a mûri, sans l'appesantir, cette intelligence qui ressemble à ces zones privilégiées où l'on rencontre les fruits à côté des fleurs.

Que si l'on nous demandait d'achever ce tableau en marquant par quelques traits le caractère particulier de cette éloquence, nous dirions que c'est une grâce insinuante, un charme de diction dont l'influence est plus facile à éprouver qu'à décrire, une parole tour-à-tour élégante, ou fine, qui semble caresser les phrases qu'elle prononce et les oreilles auxquelles elle les adresse. D'ailleurs on assure que M. Hennequin fait ses plaidoyers comme Racine faisait ses vers, qu'il fait difficilement des plaidoyers faciles, et que le travail s'assied, en compagnon fidèle, auprès de cet orateur éprouvé, pour orner son style et lui fournir ces ressources de la méditation que rien ne saurait remplacer. M. Hennequin, donnant en cela un digne exemple au jeune barreau, ne tente point de deviner les causes, il aime mieux les apprendre.

La réputation de M. Hennequin était déjà à mi-chemin de sa gloire, quand la restauration s'accomplit. Pour une tête où tous les grands principes étaient à leur place et qui voulait les conséquences par les causes, ce fait, non moins social que national, devait être le bienvenu. Le spiritualiste du droit civil, qui aimait à ramener toutes les questions aux grands axiomes du droit moral, devait voir, et vit avec joie un événement qui était la haute consécration du droit politique. M. Hennequin avait pour la légitimité ce qu'on pourrait appeler un culte logicien. La date de sa naissance ne lui permettait pas d'avoir des souvenirs relativement à l'ancienne monarchie; mais la légitimité royale entrait si bien dans l'ordre des idées d'un esprit qui avait la religion de toutes les légitimités, que M. Hennequin ne pouvait manquer d'être royaliste.

Il le fut en effet, et le premier procès politique qu'il plaida le mit à une haute place dans l'esprit de ceux qui savaient juger les hommes. On était, en 1816, sous un ministère tout préoccupé de la nécessité où il croyait être de défendre la monarchie contre les hommes monarchiques, et de la mettre en sûreté sous l'égide de la révolution. Un écrivain, qui a eu en tout temps infiniment d'esprit, et qui avait, dans ce temps-là, l'esprit éminemment royaliste, M. Fiévée fut conduit devant les tribunaux pour n'avoir pas admiré cet ingénieux système. Toutes les questions que soulève la liberté de la presse se présentaient naturellement dans cette cause. Ainsi M. Hennequin, avocat, entrait dans la politique par la porte qui devait s'ouvrir plus tard devant M. Hennequin député. Il réunissait dans la même apologie la cause de deux augustes clientes, la liberté et la monarchie.

M. Fiévée, qui a rarement loué, et dont les éloges ont par conséquent plus de prix, rendait ainsi compte lui-même de l'impression qu'avait produite sur lui la plaidoirie de son jeune défenseur : « M. Hennequin, dit-il, a plaidé la » cause de la liberté et la mienne avec un talent qui a fixé tous les suffra-

» ges. J'étais dans une admiration que je ne puis vous exprimer. J'avais de-
» mandé qu'on m'indiquât, parmi les avocats encore jeunes, le plus près
» d'une grande réputation et le plus raisonnable. Quand on est près d'une
» grande réputation, comme on sent que toute cause un peu célèbre aide à
» faire un pas de plus, on redouble d'efforts. J'avais besoin d'un avocat raison-
» nable, parce que je ne le suis pas du tout, en ce sens qu'il m'est impossible
» de me croire accusé et de prendre la modestie qui convient à ce rôle. Mal-
» gré moi je vois en tout le fond des choses, indépendamment de ce que les
» conventions humaines et les coutumes obligées y ajoutent, et je ne sais rien
» jouer. Les avocats et les médecins sont les pouvoirs de la société domestique,
» il faut leur obéir ; je l'ai éprouvé en prenant un avocat. Si je prends jamais un
» médecin, je l'éprouverai sans doute. Je suis loin d'avoir à me plaindre de la
» tyrannie de M. Hennequin, il n'a voulu savoir de ma cause que ce qui est
» public ; il a lu mes ouvrages pour me connaître, et les a extraits pour son
» instruction. S'il plaide un jour pour un savant, on pourra le lendemain le
» recevoir à l'Académie des sciences en toute sûreté. »

Les principes que M. Hennequin avait développés dans la défense de
M. Fiévée, et qui se résumaient par l'alliance de la liberté et de la monarchie, il leur resta toujours fidèle. C'est ainsi qu'on le vit bientôt après, dans
le cours qu'il fit à *la Société des bonnes études*, et dont les chefs du jeune
barreau se souviennent encore, suivre d'un pas ferme la route où il était en-
tré, et développer les doctrines auxquelles il était attaché par une profonde
conviction.

Ce serait une belle histoire à retracer que celle des plaidoyers de M. Hennequin, car la plupart de ces harangues sont des traités approfondis des points
principaux du droit civil et public. Il y a ordinairement plus de synthèse que
d'analyse dans son intelligence, ce qui le ramène toujours aux vues générales.

C'est ainsi qu'on le verrait, dans son plaidoyer pour les actionnaires de la
tontine *Lafarge*, exposer les véritables principes des compagnies d'assuran-
ces, dont la base est le chiffre proportionnel de la mortalité, et démasquer
toutes les ruses de ce charlatanisme effronté qui a fini, de nos jours, par
compromettre l'existence de l'institution des sociétés en commandite, institution féconde et nécessaire, en exerçant le vol à main armée de prospectus.
C'est ainsi que, dans l'affaire Stacpoole, on le verrait établir, avec une autorité
invincible, le grand principe sur lequel reposent la justice humaine tout entière, la force, l'infaillibilité de la chose jugée, et mettre ainsi un obstacle à
l'impunité scandaleuse du spoliateur qui, en faisant émigrer son opulence coupable, défierait la réclamation indigente de ceux qu'il a dépouillés. C'est
ainsi encore que, dans le plaidoyer pour les mineurs Duvoisin, on le verrait
faire triompher tous ces axiomes qui protègent l'état civil des familles, et qui
préviennent ces usurpations audacieuses trop souvent tentées par la cupidité.
Mais nous laisserons aux annales du barreau un soin qu'il leur appartient de
remplir, car nous devons nous borner ici à tracer les grandes lignes qui mar-
quent et qui distinguent les différentes parties de cette vie éloquente.

Nous avons vu, sous l'Empire, M. Hennequin, à peine échappé au tumulte
des camps, se signaler au barreau par des succès ; c'est le commencement de sa
carrière oratoire, son initiation à la vie judiciaire, son enfantement à l'élo-

quence. Cette intelligence , mûrie de bonne heure par une jeunesse studieuse, n'a, pour ainsi parler, point d'enfance , ou du moins elle n'en a que les grâces qui ne la quitteront jamais ; elle laisse tomber tout d'un coup ses langes, et elle se montre armée d'une maturité précoce qu'elle s'est faite par ses méditations.

Sous la Restauration , M. Hennequin fonde sa réputation d'avocat au civil : c'est pendant cette période, qu'il plaide la plupart de ces grandes causes qui élevèrent si haut sa renommée ; les questions d'état, si importantes et si fécondes en aperçus élevés, ces procès en séparation, dont l'avocat sut toujours mettre les scandales sous la protection d'une parole prudente et d'une réserve pleine de moralité. Sans doute, il ne faut point prendre ces délimitations d'une manière rigoureuse : ainsi, dans aucune des causes dont nous parlons, M. Hennequin ne s'éleva plus haut que dans l'affaire de madame de Pontalba , postérieure à la révolution de juillet ; mais il n'en est pas moins vrai de dire qu'en suivant le mouvement de cette intelligence, c'est pendant la période de la Restauration qu'on lui voit créer, par ses travaux sur le droit civil, cette réputation conservée depuis intacte, mais dès lors fondée.

Tant que la Restauration demeure, l'homme politique n'est point, à proprement parler , né dans M. Hennequin. Il prête bien, il est vrai, sa parole puissante à des hommes de son opinion , mais c'est comme avocat, comme ami ; c'est si bien comme avocat, qu'il ne refusera point de couvrir de sa toge un homme d'une opinion contraire , quand il croira trouver, sur le banc des accusés, un innocent. C'est ainsi que le célèbre complot du 20 août 1820, jugé par la chambre des pairs, fut pour M. Hennequin l'occasion d'un de ses plus beaux triomphes judiciaires. Lorsqu'il prit la parole, sa tentative semblait inutile, tant était sombre le nuage de présomptions que l'instruction avait accumulées sur la tête de l'officier qu'il défendait ; quand il cessa de parler , un changement complet s'était opéré dans l'esprit des nobles juges, et Berard, son client , universellement réputé coupable au commencement de l'affaire, fut absous à l'unanimité. On retrouve dans ce beau plaidoyer de M. Hennequin la trace de cet esprit observateur qu'il avait porté dans toutes les phases et dans toutes les conditions de sa vie. En défendant le vieux et brave officier de l'Empire, l'avocat s'était souvenu de l'ancien artilleur dont les campagnes s'étaient arrêtées à la paix de Tilsitt ; il lui avait emprunté cette connaissance intime du génie, de la nature, des habitudes morales du soldat. L'homme du barreau n'avait pas perdu la mémoire des études de l'homme du camp. C'est du reste un des traits particuliers du talent de M. Hennequin. Il sait, pour ainsi parler, acclimater son esprit dans l'atmosphère de sa cause ; il en saisit le genre particulier, il en devine le style, il en parle la langue ; et l'on retrouve tour à tour dans les couleurs employées par le défenseur de l'enfant privé de son état civil, de la religieuse , du brave militaire, la simplicité majestueuse du foyer domestique, la paisible sérénité du cloître, et le tumulte des champs de bataille retentissant de la grande voix du canon.

On le voit, tant que la Restauration règne, quand la politique vient chercher M. Hennequin dans le droit, il répond à son appel ; mais il ne sort point du droit pour aller chercher la politique. Il n'est pas préoccupé de la nécessité de prendre activement en main la défense de son opinion , parce qu'il sait la société protégée par les principes du gouvernement royal. La manière dont il élot cette période est remarquable. Nous l'avons vu, au commencement de la Restauration, défendre, dans la personne de M. Fievée, la liberté monarchique contre l'arbitraire ministériel ; nous le retrouvons, dans les premiers temps de la révolution de juillet, défendant, dans la personne de M. de Peyronnet, l'inviolabilité du pouvoir royal contre l'insurrection victorieuse. Ces deux causes résument M. Hennequin tout entier : l'homme monarchique qui veut les franchises nationales, l'homme des franchises nationales qui veut la monarchie.

Le procès des ministres est comme un péristyle qui donne sur deux périodes contiguës de la vie de M. Hennequin. A partir de la révolution de juillet, la politique commence à exercer sur lui son attraction. Ces plaidoyers qui n'avaient été jusque-là pour lui que l'accomplissement d'un des devoirs de sa profession, ces plaidoyers vont devenir une mission, un apostolat, une affaire de dévoûment ou de sympathies. Les tentatives d'insurrection de 1832 ayant échoué, laissent derrière elles des hommes compromis, des victimes ; il faut les protéger contre les rigueurs de cette justice politique qui ressemble à la vengeance. La prise d'armes de la Vendée, le Carlo-Alberto dans le Midi, le complot de la rue des Prouvaires, mettent de tous côtés des prévenus sur les bancs des accusés, des prisonniers dans des geôles, des vaincus sur les marches de l'échafaud. Alors M. Hennequin semble se multiplier pour être présent à la fois partout où il y a une tête à sauver, une liberté à défendre, un malheur à protéger : le soldat du barreau descend sur tous les champs de bataille de la justice, pour disputer au parquet les prévenus dont il veut faire des condamnés. M. Hennequin, lui aussi, fait sa campagne de Vendée, mais il est plus heureux par la parole que d'autres ne l'avaient été par l'épée. La chance de la fortune ayant tourné contre eux, ils n'avaient pu que mourir ; pour lui, il combat et il triomphe à Nantes, à Rennes, à Chartres, à Blois, à Montbrison, à Paris. Cette période fut belle dans la vie de notre orateur ; elle fut haute, elle fut grande ; aucune gloire ne lui manqua, car, lorsque Son Altesse Royale MADAME, duchesse de Berry, songea à appeler auprès d'elle un conseil, le nom qu'elle prononça fut celui de M. Hennequin, et l'appel de MADAME trouva le glorieux volontaire sur la route, se rendant, comme par inspiration, aux ordres qu'il n'avait point encore reçus.

Ces émotions, si poignantes et si vives, ne se retrouvent point deux fois dans une vie. Savez-vous que c'était une grande chose que de pouvoir étendre sa toge d'avocat sur ce nom de Caroline de Bourbon, si noble et si noblement porté, d'avoir été choisi par ce malheur illustre, d'avoir été présent à sa pensée dans un moment où la pensée ne se tourne que vers les dévoûmens éprouvés et vers les hommes de cœur ! Quelle existence pleine de saintes terreurs, mais pleine aussi de joies ! Se dire chaque matin qu'on porte dans sa parole la vie d'un de ces hommes dont le parquet a pu incriminer les actes politiques, mais dont le caractère est environné de l'estime générale et du repect de ceux-là même qui les accusent ; se dire qu'on a pour cliens un comte de Saint-Priest, si loyal et si habile, qui manque à la diplomatie française dont il était une des puissances ; un comte de Kergorlay dont le nom austère se confond avec celui de la vertu ! Aussi, combien la parole de M. Hennequin fut admirable dans cette circonstance ! Comme cette haute moralité dont son cœur est rempli déborda dans son éloquence, lorsque, dans la défense de mesdemoiselles de Guigny, hôtesses courageuses de Caroline de Bourbon, il rencontra les noms vertueux de Charlotte Moreau et de Marie Boissy, ces paysannes vendéennes qui se sont fait avec leur cœur une noblesse qui ne craint le voisinage d'aucun écusson ! Nous vîmes alors M. Hennequin tout entier, dans tout le triomphe de son talent, dans toute la gloire de sa probité, dans toute la gravité de sa parole, et, qu'on nous passe ce terme, dans toute la chaleur de sa vertu.

Vous le comprenez, le mouvement imprimé à l'intelligence de M. Hennequin, par le cours des événemens depuis 1830, doit finir par accomplir la transformation de l'avocat en homme politique. La politique l'attire et l'absorbe par toutes les parties généreuses de notre nature ; elle vient à chaque instant le prendre par le bras pour lui donner un homme qu'il aime à défendre, un caractère qu'il respecte à protéger ; elle l'enveloppe de toutes les saintes séductions du malheur, du dévoûment, de l'amitié. C'est ainsi que s'accomplit cette initiation qui doit donner à la France un défenseur de plus. Et voyez comme toutes les grandes lignes de la vie de notre orateur se correspondent et se suivent ! Dans sa première jeunesse, la question de l'indépendance du territoire était sans cesse posée, sans cesse résolue par des triomphes ; lui aussi il veut apporter son coup d'épée dans cette grande bataille européenne ; lui aussi il veut mêler quelques gouttes de son sang à ce sang généreux qui coule pour la défense du territoire, pour la patrie matérielle, pour le sol. À l'autre bout de son existence, c'est son opinion, les croyances de toute sa vie, les grands principes de l'ordre social qui sont attaqués ; celui qui s'était fait soldat dans sa jeunesse pour défendre le sol, cette patrie matérielle que nous foulons sous nos pieds ; dans la puissante maturité de sa vie, il se fera député, c'est-à-dire encore soldat, pour défendre une opinion, un principe, cette patrie morale des intelligences. Ainsi, aux deux bouts de la vie de M. Hennequin vous trouvez la patrie défendue ; et cette existence, dont le milieu fut consacré à protéger les droits privés, appartient, par ses deux extrémités, aux intérêts publics.

Que le jeune artilleur des guerres de l'empire ait vaillamment rempli son devoir, certes nous le croyons, car M. Hennequin est partout l'homme du devoir ; il fit donc son devoir sur le champ de bataille comme à la tribune et dans les luttes du barreau. Mais que le soldat de l'intelligence, que l'homme de la tribune, que le député se présente avec des armes autrement puissantes sur les champs de bataille de la parole ! Comme cette vie passée dans l'étude de toutes les grandes questions de l'organisation sociale, va produire ses fruits ! Combien cette haute moralité, si rare dans ce siècle, va imprimer de puissance à ces discours ! Car M. Hennequin est un homme de la vie antique ; les mœurs anciennes du barreau, ces mœurs graves et saintes se sont assises à son foyer domestique, qu'elles ont environné de vénération et de respect. Le voilà l'orateur honnête homme, tel que l'antiquité l'avait conçu, mettant derrière chacune de ses paroles toute une vie de moralité, de probité et d'honneur, conséquent dans ses actes et dans ses discours, puissant par son talent, mais puissant aussi par sa conscience, parlant du haut de sa vie sans tache, sans souillures, sans égaremens, comme du haut d'un piédestal de marbre dont les passions, ces passans de rue, n'ont point éclaboussé l'inaltérable blancheur.

Nous avons dit que M. Hennequin, dans cette belle conclusion de sa vie, était conséquent avec le reste de son existence. En effet, il n'a point changé, il n'a fait que grandir. L'avocat des causes privées est devenu l'avocat des causes publiques.

Il a défendu, vous le savez, bien des prévenus vendéens ; aujourd'hui il a une grande et magnifique cliente, une cliente digne de lui et dont il est digne, la Vendée.

Certes, c'est bien à vous, Monsieur, qui avez défendu la veuve et l'orphelin, de couvrir de votre toge l'auguste veuve de Bonchamp, de La Rochejacquelein et de Cathelineau. Ah ! dites bien toutes ses souffrances et toutes ses plaies ; dites cette noble province qui nous a fourni toujours, dans les circonstances critiques, un grand caractère, une tête de feu et un bras de bronze sur lequel s'appuya la France, et sur lequel vint se briser la fortune de l'étranger, Duguesclin, Richemond au champ de bataille, et pour les mers, Duguay-Trouin et Jean-Bart, qui, contre la toute puissance de l'Angleterre, jetèrent l'entêtement héroïque de leur courage breton ; ah ! dites-bien cette noble province, laissée en dehors du droit commun, la sainte et pure Vendée traitée comme un ilote pris de vin, et soumise à la juridiction d'un tribunal botté et éperonné qui juge à cheval. Montrez-là pleurant ses enfans, moins encore ceux qui sont morts en plein champ de batailles, moins encore ceux que l'échafaud a moissonnés, oui, moins encore ceux-là que cette colonie de paysans, cette colonie de chrétiens jetés dans l'enfer du bagne, et répandant au sein de l'atmosphère de tous les vices un parfum de piété et de vertu.

Tout ce que nous disons ici, M. Hennequin l'a fait, vous le savez. A la tribune il a parlé avec constance, avec énergie pour la Vendée ; mais ce n'est point seulement à la tribune qu'il a rempli cette mission. Le jurisconsulte et le député unissant leur double autorité, leur double caractère, il a rédigé et présenté un mémoire pour ces victimes infortunées des discordes civiles, dont le malheur des temps et le jugement des hommes ont fait des criminels. Il a élevé une voix haute et généreuse contre cette amnistie tronquée, insuffisante, avare, avortant de ses conséquences, mise à la gène dans une application exceptionnelle, sans généralité et sans étendue. Il l'a dépouillée du beau nom qu'elle n'a pas mérité, cette amnistie boiteuse, qui penche toujours d'un côté et qui ne penche jamais du côté de la Vendée. Il lui a fait honte d'elle-même, en lui montrant quels hommes elle laissait dans le séjour de tous les crimes, en lui redisant cette petite colonie de chrétiens, priant leur père qui est dans les cieux, du fond du séjour des damnés. Il a fait entendre le cri des populations de l'Ouest, la voix des magistrats de l'ordre de choses actuel eux-mêmes, redemandant les Vendéens qui gémissent dans les bagnes. Il a tout dit, tout montré, tout exposé, tout déploré, et il n'a point été entendu !

Les autres travaux politiques de M. Hennequin n'ont pas été moins d'accord avec sa vie. Il a une spécialité à la chambre. Il est l'homme du droit social contre l'arbitraire ministériel, l'homme de la règle contre l'exception, l'homme du droit commun, du droit éternel contre le droit passager transitoire, réclamé comme un expédient au nom de cette nécessité invoquée par tous ceux qui veulent se faire une épée des lois, qui n'ont été données aux peuples et aux gouvernemens, que comme un bouclier.

Cette haute spécialité de M. Hennequin éclate dans une série de discussions profondes, lumineuses, éloquentes, qui montrent le jurisconsulte s'élevant à la puissance intellectuelle du législateur. Propose-t-on de diminuer les garanties que le jury offrait aux accusés, par le nombre de voix exigées pour motiver une condamnation; propose-t-on de diminuer les garanties qu'offrait ainsi le jury, non seulement aux accusés, mais à la société, car la justice sociale est compromise dans le principe même de sa force, si l'on vient à douter de la rectitude, de l'équité de ses jugemens, M. Hennequin est à la tribune, on entend retentir sa parole grave et convaincue, on le voit, comme un pilote expérimenté, signaler les écueils. C'est encore lui qui protestera, l'année suivante, contre le scrutin secret, cette nouvelle manière d'ôter au jury une de ses garanties de franchise, de loyauté, de noblesse. Le jurisconsulte éprouvé, l'homme qui a l'instinct et la science du droit, paraît sur la brèche, dès que le droit est attaqué. Enfin, lors de la discussion de la loi de disjonction, cette étrange anomalie juridique jetée au milieu d'un siècle d'intelligence et de civilisation, cette division absurde introduite dans l'unité d'une même cause, ce déchirement brutal pénétrant avec effraction dans l'ensemble d'une affaire qui n'a qu'une face, qu'une existence, qu'une manière d'être, cette distinction arbitraire, qui joue à la loterie de deux justices rivales, la vie de deux hommes réunis dans le délit, séparés dans l'instruction et dans l'arrêt; dans la discussion de cette loi, M. Hennequin se place à une hauteur qu'il n'avait point encore atteinte; il prépare, il domine la décision de la chambre, décision qui devient le plus beau fleuron de la couronne d'éloquence de l'orateur.

Vous comprendrez maintenant comment il peut se faire que les travaux politiques de M. Hennequin ne l'aient pas distrait de la composition du bel ouvrage qu'il publie en ce moment sur la législation, haut et puissant résumé des études de toute une vie, véritable philosophie du droit civil, qu'on nous passe ce terme, car elle explique chaque axiome juridique en interrogeant la cause de son existence; elle le suit dans ses différentes phases, et l'accompagnant dans ses fortunes diverses, elle arrive à en saisir le véritable sens. M. Hennequin, député. a pu produire ce beau traité de législation, parce que M. Hennequin, député, continue, en les agrandissant, les fonctions qu'il a remplies pendant tout le cours de sa carrière. Autrefois, comme avocat, il protégeait les droits privés en invoquant les grands principes du droit public; maintenant ce sont ces principes mêmes qu'il défend, qu'il proclame, qu'il protège, et c'est ainsi que l'avocat de tant de propriétaires ou dépossédés ou menacés dans leur possession, devient, dans la première partie du *Traité de législation*, l'avocat du droit même de la propriété, cette base fondamentale de toutes les sociétés humaines, cette pierre angulaire sur laquelle elles reposent et que les sophismes d'une école contemporaine essaient de remuer.

Dans cette rapide revue des travaux de M. Hennequin, c'est-à-dire de sa vie, car la véritable vie d'un homme c'est celle de son intelligence, on a remarqué sans doute une lacune qui serait inexplicable de notre part si elle n'était point préméditée. En parlant de M. Hennequin, orateur, nous n'avons rien dit de l'avocat de MM. de Rohan dans le procès de la succession du prince de

Condé. C'est que nous avons conservé cette mémorable cause pour clore cette étude d'une manière digne de celui qui en est l'objet.

Pour comprendre l'éloquence d'un orateur, pour mesurer son mérite et apprécier son génie, il faut le saisir dans une de ces graves circonstances qui mettent en jeu toutes les facultés de l'intelligence et toutes les puissances du talent. M. Hennequin a eu, dans sa carrière du barreau, un de ces épisodes solennels qui sont la récompense de toute une vie de triomphes et de labeurs. Quand le dernier des Condé mourut, et que cette mort, cachée dans les ombres de Saint-Leu, apparut à la France épouvantée, un procès surgit au sujet de sa succession, procès qui semblait ne se rattacher qu'à une question d'intérêt privé, mais qui soulevait en réalité une question d'honneur national et de moralité publique. Il s'agissait de savoir en effet si la mort du dernier représentant d'une race héroïque avait été semblable à la mort de ces hommes vulgaires qui cèdent au découragement et plient sous le faix de leur destinée; il s'agissait de savoir si le grand nom des Condé s'était abîmé dans un suicide, comme un soleil découronné de ses rayons; il s'agissait de savoir si le fils de l'épée avait choisi la mort des malfaiteurs, et s'il s'était dressé à lui-même un gibet infâme pour suspendre à ce hideux trophée sa vie et la gloire de ses aïeux.

M. Hennequin fut appelé, dans cette grave circonstance, pour plaider la cause de la maison de Rohan et en même temps celle du tombeau du père du duc d'Enghien. L'avocat sentit toute l'étendue, toute la dignité de sa mission. Ce n'était point un client ordinaire qui se tenait derrière lui pendant qu'il prenait la parole. Tous les souvenirs d'une antique et illustre maison s'étaient, pour ainsi parler, groupés derrière l'orateur; on croyait voir ces trois victoires, sœurs, de Nordlingue, de Lens et de Rocroy, assises à la barre comme d'augustes suppliantes, et la mémoire du duc de Bourbon se présentait entre le grand Condé, cette gloire en possession de la renommée, et le duc d'Enghien, cette gloire naissante que les balles de Vincennes avaient moissonnée dans sa fleur. L'avocat de la maison de Rohan ne fut point au-dessous de sa tâche. Par un triomphe d'éloquence il élargit sa toge jusqu'à en couvrir et à en protéger l'honneur de la maison de Condé. L'homme de paix et de conciliation devint pour un moment le tuteur de cette race de l'épée. La parole plana comme un bouclier au-dessus de ce glaive héroïque dont la poignée ne serait point demeurée sans étreinte, si la mort n'avait point glacé et raidi toutes les mains qui avaient le droit de la saisir. Le gant avait été jeté sur le tombeau du duc d'Enghien, que la mort empêchait de venger son vieux père; ce fut l'éloquence qui le releva.

Certes, ce fut un beau et sublime spectacle, et lorsque notre imagination nous retrace le souvenir de ces audiences pleines d'émotions et de terreurs, nous sentons encore courir dans nos veines de sympathiques frissons. Elle était cependant pleine de difficultés et d'écueils, cette cause. Il fallait justifier la mémoire du prince de Condé, et il fallait que ce fût cette justification même qui accusât, car, en face du silence de la voix qui parle au nom de la justice publique, personne n'avait le droit d'accuser. Substituer les faits aux paroles, conduire l'esprit des auditeurs d'évidence en évidence, jusqu'à une sinistre conclusion, ne rien indiquer à l'œil, et pourtant tout montrer, ne rien dire, et pourtant ne rien taire, développer le réseau des preuves comme un vaste filet dont les replis sont cachés, faire parler le silence, donner une voix aux objets inanimés, et ne laisser transpirer que goutte à goutte, à travers une discussion grave et méthodique, l'indignation qui déborde du cœur, telle était la tâche, telle fut l'œuvre admirable de M. Hennequin.

Devant ce puissant esprit d'investigation, les ombres qui entouraient cette mort descendirent peu à peu et disparurent. Tout lui devint un indice; un jalon sur cette route ténébreuse où il avançait pas à pas, un enseignement, une révélation. Il interrogea les murs de la chambre de mort, et les murs répondirent; il s'adressa aux meubles, et par leur position, les meubles parlèrent; il demanda des lumières à la nuit fatale, et la nuit lui donna des lumières : tous les muets et insensibles témoins de la lutte suprême s'animèrent à sa voix, tous jetèrent un rayon à ce soleil d'évidence qui commençait à se lever sur la cause. A chaque parole l'émotion augmentait et l'intérêt s'accroissait poignant et terrible : on entrevoyait, on sentait, on respirait le crime. Il semblait que ces lieux funèbres allaient dire le secret de je ne sais quelles plaintes étouffées et d'une agonie se tordant sous le bâillon. L'orateur avait, pour ainsi parler, ramassé sur ces murs l'empreinte des mains suppliantes qui, dans une dernière convulsion, s'y étaient collées peut-être; il avait entendu les gémissemens sur lesquels le silence de la mort s'était appesanti ; au sein de cette atmosphère criminelle, il avait flairé le meurtre. Le drame abominable se développait sous tous les regards d'une manière irrésistible ; il s'avançait de moment en moment vers sa sinistre péripétie : tant qu'enfin lorsqu'après avoir épuisé toutes les preuves, après avoir réuni en faisceau tous les genres d'évidence, après avoir éclairé toutes les ténèbres et levé tous les voiles, l'orateur cessa de parler, un cri, le même cri s'échappa des poitrines haletantes et des cœurs palpitans, et, à la vue de la France et de l'Europe indignées, le crime se leva tout sanglant pour étreindre dans ses bras hideux le criminel.

ALFRED NETTEMENT.

## A MONSIEUR ÉDOUARD WALSH, DIRECTEUR DE LA MODE.

Vous me demandez l'impossible, mon cher ami ; vous voulez qu'une improvisation rapide, provoquée par l'objection, inspirée, soutenue par la présence d'un nombreux auditoire, prenne maintenant sous ma plume le caractère d'une composition réfléchie et surtout celui d'une oraison artistement arrangée. J'ai voulu me prêter à votre désir, car je sais bien qu'il est de mon devoir de contribuer à la publicité de votre défense, mais je m'arrête de désespoir. Je n'accuse pas la sténographie, je l'admire au contraire ; mais enfin, que voulez-vous que je fasse de tant de périodes interrompues et de toutes ces interjections que probablement l'accent, le geste expliquaient ? Chargé par vous de retrouver un tableau dans une incomplète esquisse, je jette loin de moi mon pinceau découragé, et dont le succès ne serait après tout qu'un mensonge. N'est-ce pas tromper l'opinion que de lui montrer, dans cette lutte cruelle, votre défenseur conservant imperturbablement les poses d'un gladiateur, ambitieux des applaudissemens du cirque, et qui veut triompher avec majesté ou tomber avec grâce ? Non, la défense, précisément parce qu'elle est dévouée, s'abandonne à des mouvemens irréguliers qu'il serait impossible de corriger et d'adoucir, sans donner une fausse idée du combat. Permis à MM. les avocats-généraux qui, au moyen de la citation directe, sont maîtres du temps et du jour, d'imprimer à leur parole redoutable une enluminure académique : ils composent et nous plaidons. Avec le temps, cette faculté tombera dans l'oubli. On comprendra que si l'instruction écrite est un élément nécessaire de la procédure criminelle, il faut s'y livrer toujours ; que si ce n'est qu'une superfluité, il ne faut s'en occuper jamais. Mais que des accusations qui n'ont pas besoin d'être suffisamment instruites ne peuvent pas s'acclimater dans un pays éclairé comme le nôtre, cette inégalité de la lutte, cette infériorité de la défense considérée sous le rapport littéraire, se rencontreront dans le recueil que vous préparez, bien mieux encore qu'à l'audience. Mon ami, écoutez ma prière : jetez la sténographie au feu, ne livrez au public ni votre défense ni votre défenseur. Sauvez-moi d'une amitié qui se fait illusion et qui sera trop bien servie par la plume ; laissez vivre ma parole dans le souvenir de nos amis, telle qu'ils la comprennent et qu'ils aiment à la retracer. Tous nos amis n'étaient pas à l'audience, je le savais bien ; mais les absens aussi nous sont favorables : ils pensent du bien de la plaidoirie, ne les détrompez pas.

Recevez la nouvelle assurance de mon inviolable attachement.

HENNEQUIN.

Ce 21 février 1838.

# PROCÈS DE LA MODE.

## COUR D'ASSISES DE LA SEINE.

### PRÉSIDENCE DE M. LASSIS.

*Audience du* 20 *février* 1838.

La grande enceinte destinée aux audiences de la première section de la cour d'assises est envahie de bonne heure par une foule considérable, curieuse de savoir comment LA MODE repoussera la terrible accusation que le parquet fait peser sur sa tête. Parmi les co-criminels qui, par leur empressement, semblent vouloir se rendre complices de LA MODE, on distinguait M. le comte F. de Kerkorlay, M. le marquis Despinays-Saint-Leu, M. le baron de Brian, M. le marquis et madame la marquise de Valory, et tout le jeune barreau accouru pour entendre le défenseur de LA MODE.

Deux affaires de vol qui ont occupé une partie de l'audience n'ont pu refroidir l'empressement du public, ni diminuer le nombre des amis de LA MODE : tous étaient curieux d'assister au combat livré à leur drapeau d'avant-garde.

LA MODE avait à se défendre d'une double prévention d'*offense à la personne du roi des Français*, graves délits auxquels on ne paraissait plus songer depuis quelque temps.

A trois heures seulement MM. les jurés tombés au sort prennent place.

M. Voillet de Saint-Philbert, gérant de LA MODE, et M. le vicomte Edouard Walsh, directeur du journal, sont auprès de M. Hennequin.

*M. le président.* Nous recommandons à l'auditoire de garder le plus profond silence ; nous lui rappelons que toutes marques d'approbation ou d'improbation sont défendues, et nous donnons dès à présent l'ordre aux gardes d'amener devant la cour, pour y être jugées, les personnes qui troubleraient l'ordre. La parole est à M. l'avocat-général.

Après les questions d'usage adressées au gérant, la parole est à M. l'avocat-général Nouguier qui commence par donner lecture des articles incriminés.

Voici ces deux articles :

## AUTRES TEMPS, AUTRES MŒURS.

ou

### LES DEUX MOIS DE FÉVRIER.

#### SCÈNES CONTEMPORAINES.

« *Le sage* dit, selon le temps :
» Vive le Roi ! vive la Ligue ! »

### SCÈNE PREMIÈRE.

» FÉVRIER 1820.—*Le foyer de l'Opéra, rue Richelieu, pendant l'entr'acte.*—
*Le chevalier* DE BRETIGNY ; *le commandeur* D'ARMENTIÈRES : *ils se promè-
nent bras dessus bras dessous.*

» LE CHEVALIER. Parbleu ! Commandeur, c'est une bonne fortune pour moi de vous avoir rencontré. Qui nous eût dit, quand nous nous séparâmes après la prise de Constance, que nous nous retrouverions, vingt ans plus tard, au foyer de l'Opéra à Paris.

» LE COMMANDEUR. Mon cher Chevalier, il s'est passé depuis ce temps des choses plus extraordinaires, sans compter, ou en la comptant si vous voulez, la Restauration. Mais d'où diable sortez-vous ?

» LE CHEVALIER. Du fond de la Crimée, des rives de la mer Noire, où je serais encore s'il n'eût pas pris fantaisie à mon oncle l'archevêque de mourir et de me laisser une succession pour laquelle ma présence a été indispensable en France.

» LE COMMANDEUR. Comment ! la Restauration ne vous a pas tenté ?

« LE CHEVALIER. Pas le moins du monde, par la grande raison que je n'y ai pas foi. Je ne comprends pas la légitimité se couchant dans le lit de la révolution, sans seulement en changer les draps.

» LE COMMANDEUR. Vous voilà bien toujours le même, avec vos pressentimens sinistres.

» LE CHEVALIER. Et vous toujours avec vos illusions riantes.

» LE COMMANDEUR. Ma foi, mon cher, je suis colonel d'un beau régiment, gentilhomme du roi, aide-de-camp d'un prince, que puis-je demander de plus ?

» LE CHEVALIER. Sinon que cela dure, et je vous le souhaite de tout mon cœur, mais je n'y crois pas : aussi, dès que j'en aurai fini ici, je retourne en Crimée ; là du moins je ne crains pas de mourir d'un coup d'idée libérale façonnée en émeute, en conspiration ou en stylet.

» LE COMMANDEUR. Mais vous ne partirez pas sans voir nos princes ?

» LE CHEVALIER. J'irai saluer le roi que je n'ai pas vu depuis Mittau, M. le duc d'Angoulême et Madame, que je quittai le lendemain de leur mariage, monseigneur le duc de Berry dont j'ai eu l'honneur d'être aide-de-camp en Volnye pendant notre dernière campagne ; j'irai serrer la main au duc de Bourbon, puisqu'il ne m'est plus permis de revoir son père, mon brave général.

» LE COMMANDEUR. Il faudra aussi vous présenter au Palais-Royal.

» LE CHEVALIER. Quant à celui-là, vous trouverez bon que je m'en dispense : sa rentrée en France n'est pas la moindre des sottises qu'aura faite la Restauration.

» LE COMMANDEUR. Vous êtes fou, mon cher, le roi n'a pas de sujet plus fidèle, de parent plus dévoué, de cœur plus reconnaissant.

» LE CHEVALIER. Il s'est donc bien amendé depuis Jemmapes et Valmy ? car alors il criait plus haut vive la nation que vive le roi, et on le trouvait plus souvent aux Jacobins qu'aux Tuileries.

» LE COMMANDEUR. Eh ! mon Dieu ! il y a long-temps que tout est oublié, pardonné ; les deux familles n'en font qu'une ; madame la duchesse de Berry a retrouvé une mère dans madame la duchesse d'Orléans, et la nombreuse et belle famille d'Orléans formera un rempart de cœurs dévoués autour du trône. Suivez-moi, je veux vous rendre témoin d'un touchant spectacle. ( *Les deux amis vont se placer à l'orchestre, en face de la loge de* M. *le duc d'Orléans.* ) Regardez dans la loge, entre les deux colonnes.

» LE CHEVALIER, *lorgnant.* Eh ! parbleu, je le reconnais, c'est le général Egalité ! il n'est pas changé. Mais, je ne me trompe pas, c'est M. le duc de Berry qui est dans sa loge ; il tient un bel enfant de huit ou dix ans sur ses genoux.

» LE COMMANDEUR. C'est le jeune duc de Chartres.

» LE CHEVALIER. Comme il le caresse, le couvre de ses baisers, joue avec lui avec bonté ! mais on dirait vraiment de son fils. Si cet enfant ne conserve pas le souvenir de tant de bonté, il sera bien ingrat.

» LE COMMANDEUR. Voyez comme madame la duchesse de Berry est bonne avec les petites princesses, avec quelle tendresse affectueuse elle leur parle. Madame la duchesse d'Orléans essuie de grosses larmes d'attendrissement.

» LE CHEVALIER. Mais dites-moi donc quelle est cette grosse femme au teint animé, qui regarde tout ce qui se passe autour d'elle avec tant d'indifférence ?

» LE COMMANDEUR. Comment ! vous ne la reconnaissez pas ? c'est mademoiselle d'Orléans.

» LE CHEVALIER. Ah ! j'y suis, je la reconnais, je la vis à Schaffouse, en 1793, quand elle vint y retrouver son frère avec la Genlis. N'est-elle pas aussi devenue royaliste, celle-là ?

» LE COMMANDEUR. C'est celle qui fait la cour la plus assidue à Madame la duchesse d'Angoulême.

» LE CHEVALIER. Pauvres gens, qui croient encore au dévoûment de la famille d'Orléans ! je leur conseille de faire retenir leur logement encore une fois à Mittau, à Hartwell ou à Gand.

» LE COMMANDEUR. Vous êtes fou, mon pauvre chevalier. (*On entend applaudir avec enthousiasme.* ) Tenez, oiseau de mauvais augure, le public ne s'y trompe pas, et cet accord touchant de la famille royale l'intéresse et l'émeut ; il applaudit cette ravissante scène de famille. Tenez, suivez-moi, nous

allons voir le duc et la duchesse de Berry rentrer dans leur loge. ( *Le chevalier
et le commandeur remontent dans le corridor des premières , et se placent sur
le passage du duc et de la duchesse de Berry qui retournent dans leur loge ,
accompagnés par le duc d'Orléans et le duc de Chartres , et suivis d'un grand
nombre de personnes.* )

» LE CHEVALIER. Est-ce que M. le duc d'Orléans a laissé tomber quelque
chose ? Il est si courbé , qu'il a l'air de chercher par terre.

» LE COMMANDEUR. Non , c'est une attitude de déférence ; il ne parle jamais
aux princes autrement. Je vous l'ai dit , c'est aujourd'hui le prince le plus dévoué ; il se mettrait en quatre pour la famille royale.

» LE CHEVALIER. Oui , je vois du moins qu'il se plie en deux.

» LE COMMANDEUR. Voyez comme la foule se presse sur leurs pas !

» LE CHEVALIER. Et quel est ce grand garçon qui a l'air de protéger monseigneur le duc de Berry, et qui se donne des airs de grand seigneur d'une façon si
bourgeoise ?

» LE COMMANDEUR. C'est le comte Decazes , le président du conseil ; c'est le
ministre favori du roi. En voilà un qui est dévoué ! il est à pendre et à dé-
pendre.

» LE CHEVALIER. Ah ! oui , j'y suis , il sort de la boutique de Bonaparte ; c'é-
tait un des coqs du poulailler impérial ; il était aussi très dévoué à son premier
maître.

» LE COMMANDEUR. Vous doutez de tout , mon pauvre chevalier.

» LE CHEVALIER. Oui , je doute même de cette caricature de Robin , qui parle
d'une manière si emphatique à madame la duchesse de Berry.

» LE COMMANDEUR. Peste ! celui-là est un grand nom de magistrature ; c'est le
ministre des affaires étrangères, c'est M. Pasquier.

» LE CHEVALIER. Ah ! c'est là l'ancien lieutenant de police de Bonaparte, qui
a joué un si beau rôle dans la conspiration de Mallet ? Ma foi , voilà les affaires
de la France en bonne main !

( *Le duc et la duchesse de Berry rentrent dans leur loge , M. le duc d'Orléans
retourne dans la sienne, l'ouverture du ballet commence. A peine les premières scènes sont-elles jouées, qu'une rumeur sinistre circule dans la
salle ; on entend dire tout bas et ensuite tout haut :* LE DUC DE BERRY VIENT
D'ÊTRE ASSASSINÉ ! *On sort en tumulte des loges, on se précipite dans les
corridors, sous le vestibule, dans la rue Richelieu, dans la rue Rameau où
le crime vient d'être commis. Dans un instant, la salle est déserte, le ri-
deau se baisse , le spectacle n'est pas continué, l'épouvante est à son com-
ble:* le COMMANDEUR *et le* CHEVALIER *parviennent à pénétrer dans le petit
salon de la loge où le prince est expirant sur un fauteuil.*)

» LE CHEVALIER, *montrant MM. Pasquier et Decazes pâles et décontenancés
en présence de ce sanglant spectacle.* Quand je vous le disais tout à l'heure, mon
cher commandeur, en vous montrant ces gens-là, que nos princes étaient en
bonne main !

» LE COMMANDEUR. Qui eût pu le penser ?

» LE CHEVALIER. Les Bourbons n'ont point de racine dans le cœur de ces gens-
là qui nous entourent ; regardez-les bien tous, en présence de ce prince expirant
de la main d'un autre Ravaillac, de cette jeune femme qui va être veuve dans

quelques heures, et dont le courage va jusqu'à l'héroïsme et la douleur jusqu'au sublime; excepté le vieux Nantouillet, vous et moi, personne ici n'est réellement ému.

» LE COMMANDEUR. Ah! vous êtes bien coupable, vous désenchantez jusqu'à la compassion!

» LE CHEVALIER. Si je suis coupable, vous êtes bien innocent de croire à la sensibilité des Decazes et des Pasquier.

» LE COMMANDEUR. Mais voyez leur trouble, leur douleur; ils pleurent.

» LE CHEVALIER. Oui, leur portefeuille qu'ils viennent de laisser tomber dans le sang.

» LE COMMANDEUR. Mais regardez donc Latour-Maubourg, il est mourant de douleur.

» LE CHEVALIER. Ah! celui-ci j'y crois, c'est la douleur d'un vieux soldat; il y a toujours chez eux de la franchise et du cœur.

» LE COMMANDEUR. Mais regardez donc l'abattement de M. le duc d'Orléans, entendez les sanglots de sa femme, voyez la résignation de sa sœur.

» LE CHEVALIER. Ce sont les prévisions du trône; qui sait ce que le sort leur réserve?

» LE COMMANDEUR. Voyez donc toutes ces figures désolées, tous ces gentils-hommes en pleurs. Allez, mon cher, il y a là bien des fidélités.

» LE CHEVALIER. Et bien des infidélités aussi.

» LE COMMANDEUR. Sortons, car votre scepticisme me navre le cœur.

» LE CHEVALIER. Mon ami, je n'ai pas la fatuité de voir mieux que vous; mais j'ai la prétention de voir plus loin, et soyez sûr, mon cher, que si vous avez une autre révolution, ce qui ne vous manquera pas, vous verrez une belle fantasmagorie.

» LE COMMANDEUR. Un spectacle pareil à celui dont nous avons la douleur d'être témoins, est une grande leçon pour les peuples.

» LE CHEVALIER. Oui, mais pour les grands? Quant à moi, je quitte demain cette France où la philosophie et les idées libérales ont fait assez de progrès pour que, deux siècles après Ravaillac, il se trouve encore un Louvel pour assassiner un petit-fils d'Henri IV.

( *Le chevalier et le commandeur sortent de l'Opéra au moment où Monsieur, le duc et Madame la duchesse d'Angoulême arrivent.*)

» LE CHEVALIER. Pauvres princes, ils vont dire un dernier adieu à celui de leur famille, le seul d'entr'eux qui du moins mourra en France.

( *Le chevalier et le commandeur s'inclinent respectueusement au moment où les princes passent; ils se serrent la main, s'embrassent et se séparent en silence.*)


## SCÈNE II.


» FÉVRIER 1838. — *La salle des maréchaux aux Tuileries. On danse dans tous les salons; c'est un pêle-mêle de bourgeois et de gens comme il faut, de nobles et de vilains, une cohue de tous les pays, un échantillon de toutes les révolutions, un pandæmonium politique, un grand quadrille de fidélités*

*usées et de trahisons toutes neuves , un immense galop de palinodies , d'héré-*
*sies et d'apostasies, sautant à contre mesure, dansant en rond avec le patrouil-*
*lotisme parisien : on dirait d'un bacchanale de Callot, ou mieux encore le*
*neuvième et dernier cercle de l'enfer de Dante , un jour de goguettes.*

*» Le chevalier et le commandeur se rencontrent sous le portrait du maréchal*
*Soult; ils se regardent quelque temps avant de se parler, cherchant à se re-*
*connaître.*

» LE COMMANDEUR. Mais, je ne me trompe pas , c'est le chevalier de Bretigny.

» LE CHEVALIER. Pas précisément, c'est le comte Novoroff qui l'a remplacé ; mais moi je suis sûr que je parle au commandeur d'Armentières.

LE COMMANDEUR. Moi-même, mon cher chevalier, mais qui vous eût reconnu sous cet uniforme d'officier général russe ?

» LE CHEVALIER. Ne craignez rien, depuis quarante ans que je vois des révolutions et des hommes politiques, j'ai de l'indulgence pour toutes les faiblesses.

» LE COMMANDEUR. Même pour la curiosité qui est cause que je suis ici. Mais vous-même , Bretigny, comment vous y trouvez-vous ?

» LE CHEVALIER. Je suis arrivé depuis quelques jours de Saint-Pétersbourg, chargé de dépêches pour notre ambassadeur.

» LE COMMANDEUR. Votre ambassadeur ?...

» LE CHEVALIER. Oui, le comte Pahlen , car je vous apprendrai que je suis sujet de l'autocrate que vous appelez ici un barbare du nord, et que nous regardons, nous, comme un des plus grands princes qui aient gouverné la Russie.

» LE COMMANDEUR. Comment! vous êtes sujet de Nicolas?

» LE CHEVALIER. Vous êtes bien sujet de Louis-Philippe.

» LE COMMANDEUR. Mais comment vous trouvez-vous à un bal de la cour ?

» LE CHEVALIER. C'est que quand on ne vient à Paris qu'une fois tous les vingt ans , il faut tout voir. N'est-ce pas un spectacle assez curieux que de voir danser aujourd'hui ceux que j'ai vu pleurer il y a aujourd'hui dix-huit ans.

» LE COMMANDEUR. Que venez-vous chercher, il n'y a pas de douleurs éternelles.

» LE CHEVALIER. Je m'en aperçois, pas plus que de fidélités.

» LE COMMANDEUR. Convenons qu'il est bien singulier que nous nous retrouvions toujours dans des circonstances données.

» LE CHEVALIER. Et toujours pour voir des choses affligeantes même dans un bal : car je vous avoue que, quoique je ne prenne plus le moindre intérêt à vos affaires , tout ce que je vois me navre le cœur. Mais, parbleu , vous qui n'avez pas quitté la France , vous allez me servir de cicérone , au milieu de tout ce monde que je ne connais et que, pour la plupart , je ne veux pas reconnaître.

» LE COMMANDEUR. Très volontiers.

» LE CHEVALIER. Je ne vous demande pas le nom de tant de figures hétéroclites, de tous ces messieurs décorés de l'uniforme de votre milice citoyenne et de *leurs épouses* que vous ne connaissez, je présume, pas mieux que moi.

» LE COMMANDEUR. Vous vous trompez, mon cher chevalier , j'en connais beaucoup. Ce capitaine de la 3ᵉ légion qui danse vis-à-vis la princesse Clémentine, c'est mon huissier , et cette grosse dame qui figure avec M. le duc de Nemours, est la femme d'un apothicaire. La reine Amélie cause avec un fabricant de chandelles et la duchesse parle allemand avec un gros Alsacien qui me vend du vin du Rhin, du kirch de la forêt Noire, et des cigares de contrebande.

» LE CHEVALIER. Peste! voilà une très brillante société. Mais passons aux sommités : quel est ce beau monsieur qui traîne sa simarre toute neuve à travers les contredanses?

» LE COMMANDEUR. C'est le chancelier.

» LE CHEVALIER. Comment! M. Pastoret vient ici?

» LE COMMANDEUR. Oh! non, celui-là c'est le chancelier Pasquier.

» LE CHEVALIER. Ah! c'est différent; il est monté en grade, il n'était que ministre il y a dix-huit ans, il est aujourd'hui chancelier.

» LE COMMANDEUR. Les révolutions sont les champs de bataille des hommes comme M. Pasquier; ils y gagnent toujours quelque grade.

» LE CHEVALIER. Et quel est ce grand monsieur, si bien doré sur toutes les tranches? il a l'air d'un livre d'étrennes.

» LE COMMANDEUR. Comment, celui qui rit à gorge déployée? c'est celui que vous avez vu si triste à l'Opéra, il y a 18 ans, c'est Decazes.

» LE CHEVALIER. J'aurais dû m'en douter; il paraît que depuis le pied lui a glissé dans la boue. Mais dites-moi donc le nom de ce jeune homme qui porte des épaulettes toutes neuves de lieutenant-général? depuis Bonaparte je crois que personne n'a porté si jeune les trois étoiles.

» LE COMMANDEUR. C'est cet enfant que le duc de Berry couvrait de ses baisers dans la loge à l'Opéra.

» LE CHEVALIER. Comment, c'est là le duc de Chartres?

» LE COMMANDEUR. C'est parbleu bien le duc d'Orléans : je vous réponds que le duc de Berry est bien l'homme dont il se souvienne le moins.

» LE CHEVALIER. Mais, je vous en prie, montrez-moi donc votre roi.

» LE COMMANDEUR. Mon roi!

» LE CHEVALIER. Certainement, Louis-Philippe.

» LE COMMANDEUR. Ah! je comprends, le roi des Français; c'est celui qui est en habit de garde national, qui porte le cordon rouge à la place du cordon bleu que nous lui avons vu autrefois, et la cocarde tricolore au lieu de la cocarde blanche.

» LE CHEVALIER. Ah! c'est celui qui salue tout le monde, qui a le sourire sur les lèvres et les soucis sur le front? comme il est voûté!

» LE COMMANDEUR. Le trône l'a vieilli de vingt ans.

» LE CHEVALIER. Quand je vous l'ai dit, le jour de l'assassinat du duc de Berry, que les prévisions de la royauté lui troublaient le cœur! Allons, mon cher, j'en ai assez vu.

» LE COMMANDEUR. Attendez un moment. Voilà la duchesse d'Orléans qui se retire : on se flatte que c'est pour des raisons de grossesse.

» LE CHEVALIER. Qui donc lui donne le bras?

» LE COMMANDEUR. C'est le duc de Coigny.

» LE CHEVALIER. N'est-ce pas celui qui était aide-de-camp de M. le duc de Berry?

» LE COMMANDEUR. Lui-même. Il est aujourd'hui chevalier d'honneur de madame la duchesse d'Orléans; vous voyez qu'il est attaché aux Bourbons.

» LE CHEVALIER. Vous voulez dire au pavillon Marsan. Adieu. mon cher commandeur ; je retourne avec mes Tartares , mes Kalmoucks et mes Baskirs ; je vais retrouver mes steppes ; je reviendrai dans vingt ans ; et si Dieu nous prête vie , je serai curieux de voir ce que vous aurez à me montrer alors en fait de nouvelles fidélités.

$$888$$

## ⸢MINISTÈRE DES FACÉTIES ÉTRANGÈRES.

### PROTOCOLE — N° 5,178.

« Le soussigné, qui a pris connaissance, dans plusieurs journaux français et étrangers, d'une lettre écrite par S. M. l'empereur de toutes les Russies au prince de Liéven, croit devoir faire observer à M. le comte Pahlen que cette lettre contient une lacune importante qui en rend certain passage tout à fait inintelligible. Comme le soussigné ne se pique pas de pouvoir deviner, à lui tout seul, les logogryphes russes, il ose humblement prier M. le comte Pahlen de vouloir bien lui dire, si c'est un effet de sa bonté, ce que la nation française doit entendre par sette phrase : *Vous étes trop grand seigneur pour paraître à la cour de ce...* De ce quoi ? Quel est le mot propre qu'il faut mettre à la place de ces points ? Le soussigné tiendrait d'autant plus à le savoir, que, malgré les plus grands efforts, son imagination personnelle n'a jamais pu le découvrir. Sans doute le soussigné est bien convaincu que ce mot ne saurait être qu'excessivement flatteur pour Sa Majesté le roi des Français, mais il lui serait agréable d'en recevoir l'assurance de la bouche même de M. le comte Pahlen. Il estime, au surplus, que la phrase *de cujus* aura été maladroitement tronquée par quelque commis expéditionnaire de S. M. l'empereur de toutes les Russies, et qu'au lieu de ces mots : *Vous étes trop grand seigneur*, il faut lire : *Vous n'étes pas assez grand seigneur.* Alors tout s'éclaircirait et la phrase ne présenterait plus qu'un sens très naturel, car on pourrait la compléter ainsi : *Vous n'étes pas assez grand seigneur pour paraître à la cour de ce* GRAND ROI où l'on n'a coutume de recevoir que des Barthe, des Thiers, des Persil, des Duchâtel, des Viennet, des Dupin, des Bugeaud, des Fulchiron, des Gautier, des Martin, des Paturle, des Tartenson, des Jaqueminot, des Jobard, et autres illustrations pareilles.

» Voilà comment le soussigné croit devoir remplir la lacune qui se fait remarquer dans la susdite lettre de S. M. l'empereur de toutes les Russies. Il se flatte que cette interprétation si simple obtiendra la bienveillante approbation de M. le comte Pahlen, et que LA COUR DE CE... (quelques points), ne fera que fortifier de plus en plus la bonne intelligence qui règne entre l'aigle moscovite et le coq de juillet.

» Le soussigné est heureux de saisir cette nouvelle occasion pour présenter à son excellence le comte Pahlen l'hommage national de son très humble respect.

« Signé DUMOLLET. »

### RÉPONSE.

« Le soussigné, qui a pris connaissance de la réclamatiou de M. le comte Dumollet, relativement à une prétendue lacune qui existerait dans la lettre de
l'empereur, son maître, au prince de Liéven, prie instamment M. le comte de
l'interpréter comme il lui plaira.

» Il saisit cette nouvelle occasion pour ne pas offrir à M. le comte Dumollet,
l'assurance de sa considération très distinguée.

« *Signé* P... »

### DU MÊME AU MÊME.

#### PROTOCOLE. — N° 5,179.

« Le soussigné s'empresse d'accuser réception à M. le comte de Pahlen de la
note diplomatique qu'il a bien voulu lui adresser en réponse à son protocole national, n° 5,178. Le soussigné, profitant de la latitude qui lui est si généreuse-
ment accordée par l'extrême bienveillance de M. le comte Pahlen, a aussitôt in-
terprété, dans le sens le plus favorable à Sa Majesté le roi des Français, ce que
présentait d'obscur et d'énigmatique la lettre de sa majesté l'empereur de toutes
les Russies au prince Liéven. Il est donc bien entendu que le passage en litige
doit être lu de la manière suivante : *Vous n'êtes pas assez grand seigneur pour
paraître à la cour de ce grand roi, etc., etc., etc.*

» Le soussigné se félicite d'autant plus de cet heureux dénoûment, que, sans
l'explication claire et précise qu'il vient de recevoir, il se serait vu dans la pé-
nible nécessité de ne pas recourir à la voie des armes pour venger l'honneur du
trône de juillet, ce qui aurait engendré nécessairement une guerre terrible dont
il eût été impossible à l'Europe entière de prévoir le terme et l'issue.

» Le soussigné ne peut donc que remercier sincèrement M. le comte Pahlen de
la satisfaction éclatante qui lui est si magnanimement accordée, et qui le met à
même de maintenir honorablement, par récidive, la paix à tout prix.

» Il ressaisit au surplus cette occasion si flatteuse pour offrir à M. le comte
Pahlen l'assurance de la parfaite humiliation avec laquelle il a l'honneur d'être
son très obéissant et très respectueux serviteur.

« *Signé* DUMOLLET. »

888

Souvent la lecture de ces articles est interrompue par les rires de l'auditoire,
que M. le président cherche vainement à faire cesser.

M. L'AVOCAT-GÉNÉRAL NOUGUIER : Messieurs les jurés, nous venons appeler
votre attention sur une nature de poursuite qui depuis long-temps n'a pas retenti
dans cette enceinte : il s'agit d'un procès de presse, et il semble qu'aujourd'hui
une pareille poursuite est un véritable anachronisme. Après la révolution de
juillet, la presse, impatiente des limites apportées à son action par le nouvel
ordre de choses qui venait d'être fondé, voulait franchir les barrières qu'on lui

opposait dans l'intérêt de l'ordre et de la stabilité nationale ; mais les magistrats veillaient, et vous aussi, MM. les jurés, vous veilliez avec nous, et à force de persévérance nous pouvions croire, Messieurs, que nous avions conquis la tranquillité pour l'avenir.

» Un autre motif pouvait encore nous inspirer cette sécurité ; un acte important, empreint de la plus haute clémence, marqué du sceau de la magnanimité royale, avait été promulgué et était venu, en amnistiant tout le passé des partis politiques, provoquer une conciliation franche et unanime. Cet acte fut compris par tous pendant quelque temps ; on sentait qu'en présence d'un tel acte toute hostilité serait inutile et que l'esprit public ferait prompte justice.

» L'inimitié sommeillait, mais son sommeil n'a pas été long, et il nous faut faire aujourd'hui un retour vers un passé qui était oublié. Un journal nous y contraint. Ce journal appartient à l'opinion légitimiste.

» Nous n'avons pas été surpris, Messieurs, de voir ces attaques recommencer de la part de ce parti. Nous avions compris qu'après l'amnistie on pourrait voir se fondre les nuances d'opinions politiques qui reposent sur la même base, que ceux qui partent du même principe pourraient s'entendre.

» Mais quand deux principes sont ennemis l'un de l'autre, quand la vie de l'un est la condamnation de l'autre, alors il n'y a pas de conciliation durable ; entre ces deux opinions il peut y avoir le calme de la trêve, mais jamais celui de la paix définitive.

» Le parti légitimiste, vaincu en 1830 par l'opinion publique et par les efforts de la presse, voulut aussi, par la presse, agir sur l'esprit public. La France, pour lui, se divise par provinces, qui reprirent leurs anciennes dénominations ; dans chacune d'elle, les légitimistes eurent leur organe, et nos départemens assistèrent à la publication de la *Gazette de Normandie*, de la *Gazette du Limousin*, etc. Mais la division se mit bientôt dans leurs rangs. Les uns reconnaissaient pour roi Charles X, les autres voulaient Louis XIX, ceux-là Henri V : toutes ces publications sont tombées devant leurs excès mêmes. Ces divers journaux ont disparu, mais la mission est restée la même. Vous le voyez donc, MM. les jurés, ce ne sont pas des faits acccidentels que ceux qui sont reprochés au prévenu, c'est l'accomplissement d'une mission que lui a confiée l'esprit de parti. Cette mission est de relever le trône qui s'est écroulé devant la révolution de Juillet. »

Après ces considérations générales, M. l'avocat-général entre dans l'examen des articles incriminés, et s'attache à faire ressortir les divers passages qui lui paraissent établir la prévention d'offenses envers la personne du roi.

M. Hennequin prend la parole :

Messieurs,

Dès ses premières paroles, M. l'avocat-général vous a mis dans la confidence des préoccupations dont les dépositaires du pouvoir sont incessamment obsédés. Rassurés sur les sentimens du parti que réunit le principe de la souveraineté populaire, ils s'alarment à la seule pensée des hommes demeurés fidèles à la foi monarchique, et c'est sous l'influence d'une fatale prévention qu'ils jugent les actes et les écrits de ces enfans déshérités. Là, les intentions hostiles et les espérances coupables, là, le danger, là, le fantôme! Et c'est à ces terreurs qu'il faut sans doute imputer la marche inattendue que vient de prendre l'accusation. Eh quoi ! messieurs, appelés dans cette enceinte pour apprécier, pour accuser, ou pour défendre la page d'un journal, nous nous voyons entraînés dans une discussion sans limite !

La question se déplace, le terrain change, l'horizon s'agrandit, et tout un demi-siècle de notre histoire comparaît devant vous !

On nous demande compte non plus de quelques lignes mais de tous les projets dont on accuse une opinion. Ah ! si nous pouvions entrer dans cette carrière, il faudrait tout entendre ; alors il me serait permis de vous montrer Louis XVI et Marie-Antoinette s'agenouillant au bruit de la royauté qui s'avance, et s'écriant : Grand Dieu, assistez-nous ! Nous régnons trop jeunes ; il faudrait vous parler de la prospérité retrouvée sous Louis XVIII et sous Charles X ; oui, messieurs, il faudrait vous parler long-temps des trois frères, il faudrait passer en revue les circonstances les plus graves, et pressentir sur chacune d'elles le jugement de l'avenir. Vous ne le voulez sans doute pas, messieurs, vous ne pouvez pas le vouloir ; je me dispenserai donc de suivre M. l'avocat-général dans des incriminations qui ne peuvent être débattues qu'au tribunal de la postérité.

Je ne le suivrai pas non plus dans ce que ce magistrat nous a présenté comme l'histoire du journalisme, histoire empreinte d'une remarquable exagération. Il est par trop extraordinaire aussi que l'on prétende nous rendre responsables, non seulement des journaux qui n'existent plus, mais aussi de ceux qui n'existent pas encore, et qui, peut-être, n'existeront jamais. (Rires.)

Je me renfermerai donc dans ce qui est le procès, avec la certitude que vous-mêmes vous n'en voudrez pas sortir ; mais je crois utile, avant d'aborder l'examen des articles incriminés, de rappeler quelques principes.

Il est une vieille maxime qui prit naissance au Bas-Empire, et que les flatteurs et les courtisans de toutes les époques se transmettent comme un précieux héritage ; cette maxime, la voici : *Quiconque n'a pas de respect pour l'ami de César, manque à César lui-même.* C'est ainsi que le manteau de l'inviolabilité royale s'est étendu outre mesure.

Dans l'intérêt de la société, il faut sans doute que la personne du roi soit défendue par plus d'une inviolabilité, par l'inviolabilité de sa personne sacrée comme l'œuvre de Dieu. A cette inviolabilité du monarque considéré comme homme vient se joindre cette inviolabilité politique, qui veut que le roi soit réputé ne pouvoir se tromper jamais, que son nom soit en dehors des discussions, et qu'à côté de lui se trouvent des hommes sur qui pèse toute la responsabilité. Enfin, vient l'inviolabilité de sa dignité, privilége consacré par l'art. 9 de la loi de 1819. Mais c'est la personne du roi, sa personne seule que la loi a voulu protéger.

Ce privilége institué dans des vues d'utilité, de sécurité publiques, n'autorise pas les gens de cour à se réfugier, à se blottir derrière le trône comme dans un asile impénétrable à la critique, à la censure, à l'épigramme.

Ceci bien compris, j'accepterai pour la discussion des articles incriminés la marche tracée par M. l'avocat-général qui, trop convaincu de la futilité des griefs dont il s'est constitué l'organe, a cru devoir comparer le sentiment que la lecture de ces articles si coupables pourrait exciter dans l'assemblée ; et à ce propos, il s'est plaint du ton léger des journaux de l'opposition.

Cette plainte s'est beaucoup trop généralisée : il en est des opinions comme des armées. Chaque opinion a son matériel de discussion. Les journaux sérieux et les journaux légers en apparence du moins ; les uns représentent les batteries de siége, les autres les pièces de campagne, et il serait remarquable, il faut en convenir, qu'en France l'artillerie légère ne fût pas bien servie. (Hilarité.)

Voyons donc si nous pourrons rencontrer dans ces articles incriminés, articles si gais, si français au dire de l'accusateur lui-même, l'encyclopédie de délits que des investigations fort habiles croient y découvrir. Vous savez que la scène se passe entre deux individus : l'un, le chevalier, représente l'émigration, c'est l'invariable de Coblentz ; l'autre, c'est le commandeur, homme de transaction, constitutionnel de 1814, associant la pensée monarchique à quelques-unes des institutions de 1789. C'est devant ces deux hommes que le tableau va se dérouler, il ne faut pas l'oublier, pour comprendre le langage que l'écrivain leur prête.

Examinons un à un les passages qui, selon le ministère public, contiennent l'offense envers la personne du roi. Le commandeur d'Armentières et le chevalier de Bretigny se rencontrent en février 1820 dans le foyer de l'Opéra. Le commandeur dit au chevalier : « Il faudra vous présenter au Palais-Royal. » La réponse du chevalier, vous l'avez tous devinée par avance. Il répond qu'il n'y veut point aller, cet homme dont les principes sont inflexibles, cet homme qui, pour fuir une restauration qui lui semble incomplète, préfère le fond de la Crimée et les rives de la mer Noire au séjour de Paris ; il le faut bien prendre pour ce qu'il est, mon chevalier, un entêté qui ne connaît qu'une chose : son roi et son castel ; quant aux élémens nouveaux de la constitution, il n'en veut point entendre parler. Tenez, je suis bien certain qu'il ne peut pas souffrir les journaux, et que jamais il n'aurait été le collaborateur de la Mode. (Rires dans toute la salle.)

La réponse que l'écrivain lui prête : « *Quant à le visiter, vous trouverez bon que je m'en dispense ; sa rentrée en France n'est pas la moindre des sottises qu'aura faites la restauration* » ; elle s'explique par les couleurs de celui qui l'a faite, par le rôle qu'a joué dans les événemens de la révolution la famille d'Orléans. Permettez-moi à cet égard une explication bien franche.—Vous savez que dès l'assemblée des notables, les idées nouvelles ont trouvé un ardent appui dans la famille qui occupe aujourd'hui le trône. Vous savez qu'à son rang de prince le duc d'Orléans préféra son titre de député. Cette opposition, s'agit-il de la juger ? Faut-il constituer le jury juge des opinions populaires et monarchiques ? Non, messieurs, mais enfin, le feu duc d'Orléans était le chef de l'opposition ; c'est là un fait historique incontestable. Vient ensuite son fils, et l'histoire dira que le duc de Chartres adopta avec toute l'ardeur de son âge les opinions politiques de son père. Eh bien ! on comprend dès-lors que l'on ait considéré comme un danger de voir à côté du trône un homme qui pouvait servir d'appui aux principes révolutionnaires, de voir à côté du roi un prince chef de l'opposition. Le duc d'Orléans, chef de l'opposition ! mais c'est de l'histoire. C'est ainsi qu'en Angleterre l'opposition trouve presque toujours son appui dans les princes placés sur les marches du trône. Voilà donc les pensées, les répugnances de l'émigration. (Approbation prolongée.)

Mais si l'on me rend comptable des paroles de mon chevalier, on devrait me tenir quelques comptes des paroles de mon commandeur, car il parle très bien, il a des idées très avancées, mon commandeur. Il s'efforce de détruire les préventions du chevalier. « *Vous êtes fou, mon cher, lui dit-il, le roi n'a pas de sujet plus fidèle, de parent plus dévoué, de cœur plus reconnaissant.* »(Rires.) L'éloge placé dans la bouche du commandeur se comprend très bien. Il y avait eu une réconciliation en Angleterre, elle avait été touchante. Le duc d'Orléans avait adhéré à la lettre royale, écrite par Louis XVIII à Bonaparte, il avait jeté un cri d'horreur à la nouvelle de l'assassinat du duc d'Engbien, et enfin il avait réparu en France dans les termes de l'union la plus parfaite.

Le chevalier ne se rend pas : « *Il est donc bien amendé,* répond-il, *depuis Jemmapes et Valmy, car il criait plus haut vive la nation que vive le roi!* » Comment voir là l'offense à la personne du roi? Mais peut-on oublier que ce cri vive la nation! était le mot de ralliement des constitutions de 1789, que le duc d'Orléans l'avait adopté, et que dans maintes circonstances, en public, il l'a fait entendre. C'est encore un fait purement historique. Comment donc a-t-on pu transformer des choses si simples en une accusation, vous allez le voir. Il faut suivre les citations.

Les deux amis vont se placer devant la loge de M. le duc d'Orléans; le chevalier n'y a pas plustôt jeté les yeux, qu'il s'écrie: « *Ah! je le reconnais, c'est le général Égalité; il n'est pas changé.* » N'était-ce pas là le premier mot qui se devait placer sur ses lèvres? N'était-ce pas un événement assez grave dans l'histoire de notre pays, dans l'histoire de cette famille, que ce changement de nom, que ce nouveau baptême, pour qu'il revînt le premier à la mémoire du chevalier qui a émigré, qui revoit pour la première fois le prince depuis la révolution. Ah! nous avons bien le droit d'invoquer ici les paroles de M. l'avocat-général : « *Il n'est pas dans notre intention,* a-t-il dit, *de faire le procès à l'histoire.* » Ai-je besoin de rappeler les solennités qui environnent ce changement de nom? Le duc d'Orléans ne s'est-il pas fait autoriser par la convention à déposer son titre pour prendre le nom d'Égalité, et ce n'était pas une démarche dictée par l'entraînement du moment; c'était un acte réfléchi, en parfaite conformité avec les idées, avec les principes révolutionnaires dont on s'était fait le si chaud partisan. Il fallait que l'égalité se personnifiât dans le premier prince du sang. Ce nom, il lui fut donné pour lui et pour sa postérité, et le jeune prince, dans d'autres temps, ne reculait pas devant le nom de général Égalité.

Mais où donc est le crime?.... On va le créer pour se donner ensuite le plaisir de le punir. Vous représentez le roi comme un *apostat,* nous dit-on avec indignation. Et comment, ce serait l'accuser d'apostasie que de rappeler l'accord des deux familles, que de faire dire à un homme qui parle en 1820 : *Ces familles n'en font qu'une?* Sommes-nous donc si loin de la restauration? a-t-on oublié la transaction qui fut appelée la paix du roi? a-t-on oublié cette époque de réunion, au moins apparente, et d'espérances depuis si cruellement déçues? Il n'y a point eu d'apostasie dans l'acceptation de la constitution de 1814, qui consacrait sous beaucoup de rapports les principes de la révolution. La chambre des pairs ne s'est-elle pas ouverte devant presque tous les généraux de Napoléon? Ces généraux qui se ralliaient à Louis XVIII étaient-ils donc des apostats?

Poursuivons. L'on aurait voulu, dans la suite du dialogue, faire passer le duc d'Orléans pour un vil flatteur; pourquoi? parce que le chevalier fait remarquer combien sont profondes ses salutations? Mais, comme le dit très bien et avec beaucoup de sens le commandeur, aux paroles duquel on ne veut jamais accorder l'ombre d'attention, c'est là une question d'étiquette, une marque de déférence, et voilà tout. Vous savez que depuis le grand roi la royauté était pour ainsi dire adorée par tous les princes dans la personne du chef de la famille; il fallait environner le trône d'un prestige de grandeur, et les princes du sang étaient les premiers à donner l'exemple de la déférence la plus absolue. Sous ce rapport, lorsque le comte d'Artois, avec ses grâces chevaleresques, le duc d'Orléans avec quelque chose de plus grave et de plus sévère, s'inclinaient devant le roi, ils donnaient un témoignage de respect pour la dignité royale, pour un droit sacré, magnifique privilége de leur antique famille.

Le roi de France, croyez-moi, comprend l'importance de ces formalités d'étiquette si mesquines en apparence; il en a donné la preuve dans plusieurs circonstances. Permettez-moi de vous rappeler un fait dont je fus le témoin : c'était à une séance d'ouverture des chambres, la dernière à laquelle ait assisté Charles X; le chapeau du roi était tombé de ses mains : le duc d'Orléans prend le chapeau, le rend à S. M. en mettant presque un genou en terre. — Etait-ce-là de la bassesse?.... Non, c'était de la dignité. — La chambre et le public l'ont ainsi compris.

J'arrive à une partie grave de la discussion. Dans une cause qui réveille les plus tristes souvenirs, vient se placer le nom de M. le duc de Berry. Pendant le spectacle, une rumeur sinistre circule dans la salle : le prince vient d'être assassiné! On le transporte dans le salon de sa loge, où il meurt après cette agonie qui fut son règne. Le commandeur et le chevalier parviennent à pénétrer auprès de lui. Le commandeur fait remarquer au chevalier l'abattement de M. le duc d'Orléans, les sanglots de sa femme; le chevalier lui répond : *Ce sont les prévisions du trône; qui sait ce que le sort leur réserve ?*

Long-temps avant cette époque, le règne du duc d'Orléans avait été dans les prévisions de bien des gens; le premier prince du sang n'était en effet séparé du trône que par le duc d'Angoulême, qui pouvait ne pas survivre à son père, par le duc de Berry, dont le mariage pouvait être stérile. Mais ce qui était dans l'ordre des possibilités prit au moment de la catastrophe un bien autre caractère de vraisemblance. La parole prophétique d'espérance n'avait point encore été prononcée par le martyr. La couronne pouvait donc apparaître aux yeux du duc d'Orléans désolé, non plus au milieu des fêtes et des joies d'un avènement, mais au sein d'une catastrophe toute remplie des plus tristes avertissemens. Certes un pareil spectacle était bien de nature à faire dans l'esprit du prince la plus cruelle impression. Ce n'était plus là l'épée un peu rouillée de Damoclès; c'était un poignard dont l'œil épouvanté pouvait mesurer l'empreinte! Les voilà, ces prévisions inévitables dans ce tragique moment, mais menaçantes, mais jointes aux plus tristes pressentimens.

Et quel est donc le privilége de l'accusation? a-t-elle donc le secret des émotions, des pensées dont le prince fut assailli dans cet affreux instant?

Ici l'accusation devient devinatoire, elle suppose et veut voir de la joie dans une pensée de douleur. Vous faites, dit-elle, du duc d'Orléans un hypocrite. Ainsi on suppose, on imagine l'offense pour en demander la répression.

Si j'avais besoin de plaider devant vous une question de droit, je pourrais vous dire que jusqu'à ce moment ce n'est pas du roi qu'il s'agit, que la loi est

comme Louis XII , qu'elle ne veut pas venger les injures faites au duc d'Orléans.
Mais , vous le savez , je n'ai pas besoin de me réfugier dans cette admirable parole. Nous avons demandé à l'histoire ses souvenirs , et l'histoire nous a dit que
M. le duc d'Orléans, en entrant en France, n'avait pas mérité les titres d'hypocrite et d'apostat que l'article ne lui donne pas et que l'accusation seule se
plaît à lui prodiguer.

On vous dénonce aussi , Messieurs , la deuxième partie de l'article. Ici la scène
change, nous sommes en 1836 ; le commandeur et le chevalier v ont se rencontrer de nouveau. Le chevalier est devenu sujet de l'empereur de Russie ; une
mission diplomatique explique sa présence aux Tuileries. C'est la curiosité qui
amène le commandeur. Ils se rencontrent tous les deux sous le portrait du maréchal Soult ; la conversation s'engage ; le chevalier rend à son maître un hommage que l'histoire ne contredira pas. Puis les deux interlocuteurs se demandent
les noms des figures qui passent devant eux. Ce passage, où l'on critique plus ou
moins vivement l'air et la tournure des invités, est incriminé. Ici l'outrage à la
personne du roi n'a plus de limites ; son inviolabilité doit protéger tous ceux qui
sont chez lui , car il a dû bien choisir. Comment ! les conseils du prince ne
pourront pas invoquer l'inviolabilité royale et le voile qui descend sur les invités !
Aux Tuileries désormais la danse et le galop sont devenus inviolables ! Comment ! lorsqu'il a été établi que l'inviolabilité du roi lui était toute personnelle ,
qu'elle ne saurait protéger ses ministres , voilà qu'on la prodigue à ses danseurs !
(Rire général).

Pour faire justice d'une pareille extension de l'inviolabilité royale, il suffit de
se renfermer dans le texte , dans le mot de la loi. Je n'abandonnerai cependant
pas ce sujet sans faire quelques réflexions. La composition des salons du château
est, dit-on, un peu bourgeoise : tant mieux, c'est une preuve que le pouvoir de
juillet est fidèle à son origine , à ses promesses. Le principe populaire triomphant
a dû faire disparaître les priviléges ; sous son empire, tous sont égaux. La classe
moyenne a consacré toutes ses victoires par la plus difficile de toutes : les Tuileries sont emportées. Les réceptions sont nécessairement devenues nuancées. C'est
un changement dans les mœurs. Au temps de nos aïeux , la bourgeoisie ne fré-
quentait pas la cour. On vivait chez soi , entre soi. Qui ne sait pas se contenter
de sa situation, n'en est habituellement pas digne. Au surplus , la noble aristo-
cratie du talent ne connaissait pas de supériorité. Gerbier était l'ami du prince
de Conti , lui rendait ses fêtes et savait lutter avec le prince , d'éclat , de bon
goût et de magnificence. Du reste , les salons du pouvoir ne sont pas l'ambition
de tous, Dieu merci ! Eh ! mon Dieu , on peut vivre sans aller aux Tuileries...

Que ceux-là donc qui ont l'honneur d'être reçus à la cour ne se préoccupent
pas des critiques de certaines personnes qui par goût n'y vont plus , mais qui sa-
vent bien comment les choses s'y passaient autrefois. Que ceux qui circulent
dans les salons si bien éclairés du château ne se mettent pas à la fenêtre ; qu'ils
ne prêtent pas l'oreille à quelques ris moqueurs : gens de cœur, qu'ils subissent
de bonne grâce une critique dont la cour du grand roi ne fut pas exempte , qu'ils
cessent d'invoquer une inviolabilité qui ne fut respectée ni par le Théophraste
français, ni par Lafontaine, ni par Molière !

Enfin , le nom du roi est prononcé ; vous savez comment il est introduit dans
la conversation. — *Le chevalier. Montrez-moi donc votre roi ?* — *Le com-*

*mandeur. Mon roi !* — *Le chevalier.* Certainement, Louis-Philippe. — *Le commandeur.* Ah ! je comprends, le roi des Français ; c'est celui, etc. J'ai peine à concevoir comment on a pu voir là un délit. L'une des plus grandes conquêtes de la révolution de juillet, est d'avoir changé le roi de France en roi des Français ; c'est de ce dernier nom que se sert le commandeur, comme le demande l'auteur du contrat social, comme le voulait l'assemblée constituante ; ce nom c'est le résumé de tout un système, certes Louis-Philippe n'en voudrait pas d'autres.

Maintenant on veut trouver une offense à la personne du roi ; dans ces remarques qui sont faites, qu'il salue tout le monde, qu'il a le sourire sur les lèvres et les soucis sur le front, que le trône l'a vieilli de vingt ans. N'est-ce donc pas là l'image trop fidèle de la royauté condamnée à des saluts sans fin, à des sourires sans joie, à des années sans repos ; ce tableau, c'est la royauté personnifiée. Quoi ! le roi serait déprécié, on le considérerait moins, parce qu'il a vécu au milieu des poignards, parce que le chagrin, qui marche plus vite que les années, a laissé sur son front des traces trop visibles ?....

Que reste-t-il maintenant dans l'accusation ? Une lettre adressée, par l'empereur de toutes les Russies, à M. le prince de Liéven, est publiée par les journaux. L'existence de cette lettre qui se terminait par une fâcheuse réticence, n'est contestée ni par personne ni par eux, se trouve avouée par la presse dynastique. Or, cette lettre finissait ainsi : « Vous êtes trop grand seigneur pour paraître à la cour de ce...... (des points). » Ce que cette réticence pourrait provoquer d'interpellation, a été compris par tout le monde. Tous les journaux graves se sont émus, ils ont vivement pressé le ministère de demander des explications au sujet de cette lettre. La Mode, dans le même but, a cherché à montrer, à sa manière, ce qu'il y aurait de honteux à garder le silence. De là, le texte d'une seconde accusation.

La poursuite du ministère public ne repose encore ici sur aucune base dans l'ordre politique ni dans l'ordre judiciaire. Dans l'ordre politique, car l'article n'a pas pour but d'abaisser la France, mais de censurer la conduite du ministère. Dans l'ordre judiciaire, car ce sont des points qui ont été indiqués que l'accusation interprète. Laubardemont disait sous Richelieu : qu'on me donne deux lignes d'un homme, et je me charge de le faire pendre. Nous avons fait de grands progrès, car, aujourd'hui, on ne demande même plus deux lignes, on se contente de quelques points.

Sur la manière de les remplir, M. l'avocat-général m'a poussé un argument en forme, un bel et bon dilemme ; examinons-le. Pour qu'un dilemme soit complet, il faut qu'il n'y ait pas de moyen terme ; voici le raisonnement que l'on nous oppose : Ces mots, vous êtes trop grand seigneur pour paraître à la cour de ce..., ne peuvent être suivis que d'une injure ou d'un éloge. Vos opinions excluent l'éloge, donc il ne reste plus que l'injure. Il n'y a qu'un malheur, c'est que le dilemme ne vaut rien ; il est facile en effet de trouver une troisième explication qui est seule vraisemblable. Le czar ne connaît que le droit de la naissance ; le droit de Louis-Philippe, au contraire, se fonde sur la souveraineté populaire. Ce que l'Empereur Nicolas a voulu dire à M. le prince de Liéven, le voici : Vous êtes un trop grand seigneur pour paraître à la cour de ce *roi des barricades et de la bourgeoisie ;* c'est une pensée que l'on peut très bien prêter à l'empereur Nicolas ; elle est grave, elle est digne , enfin elle est logique.

Vous le voyez, Messieurs, l'article incriminé, et la discussion à laquelle il a donné lieu, tout cela n'est que jeu d'esprit ; ce n'est pas, en proposant ou en devinant des énigmes, que l'on peut demander ou prononcer une condamnation.

Qu'une vérité reste dans vos esprits. La pensée de l'homme est incompressible. L'intelligence a des droits sacrés ; malheur à qui veut l'emprisonner dans de trop étroites limites ! Les atteintes, portées au droit d'écrire, ont toujours été suivies de réactions vengeresses.....

Ce discours, qui souvent a été interrompu par les marques d'approbation de l'auditoire, est suivi de nombreux applaudissemens.

A six heures et demie l'audience est suspendue et reprise à huit heures. Après la réplique de l'avocat-général , M. Hennequin , dans une discussion à la fois vive et profonde, qui est à plusieurs reprises interrompues par les rires de l'auditoire, le défenseur de LA MODE s'attache de nouveau à démontrer que nulle part il n'y a d'offense envers Louis-Philippe , et que l'explication de la poursuite se trouve dans les préoccupations du parquet et dans l'esprit de vengeance des hommes LA MODE flétrit du nom de DÉSERTEURS.

M. le président résume en quelques mots et avec une grande impartialité, les débats, et à dix heures MM. les jurés se retirent pour délibérer ; ils rentrent une heure après, et déclarent le gérant de LA MODE *coupable d'offenses envers la persone du roi.*

La cour, après avoir délibéré, condamne M. Voillet de Saint-Philbert à six mois de prison et 4,000 fr. d'amende ; ordonne la destruction des numéros saisis, et l'insertion de l'arrêt dans le journal LA MODE.

IMPRIMERIE D'ED. PROUX ET COMP.,
3, rue Neuve-des-Bons-Enfans.